LA JOURNÉE

DE

CREVELT,

POËME

A PARIS;

Chez {
LÉONARD MOREL, Grande Salle du Palais,
au grand Cyrus, au quatriéme Pilliers.

GUILLYN, au Lys d'or, rue du Hurpoix,
à l'entrée du Quay des Augustins.

M. DCC. LVIII.

AVEC APPROBATION.

LA JOURNÉE

DE

CREVELT.

L A Gloire avoit déja, fous fes drapeaux flotans ;
Conduit aux bords du Rhin cent mille Combattans,
Défenfeurs de nos Rois, que le Dieu des armées
Fait voler au fecours des Villes opprimées ;
Du Héros de la paix, ils portent les défirs ;
L'efpérance du peuple, & nos ardens foûpirs.
La France, en palpitant, de l'œil les accompagne ;
Se raffure ; elle voit le fruit de leur Campagne,
Le Rhin que nous paffons, le Wefel traverfé,
L'Hanovrien tremblant, le Heffois renverfé.

A

Le fier Cumberland fuit, l'invincible d'Eſtrée
Soumet à notre empire une immenſe Contrée.
Puis-je vous retracer, prodiges de valeur,
Qui rendez glorieux juſqu'à notre malheur ?
Pour des faits inoüis, il faut un nouveau ſtile
Plus divin, s'il ſe peut, que celui de Virgile.
Ce Romain avoit-il à dépeindre un combat,
Où l'ame du Héros fût dans chaque Soldat,
Où le Guerrier craignit, qu'aux dépens de ſa gloire,
Un ordre, en le ſauvant, n'enlevât la victoire ?
Quel feu dans le Français, pour défendre les Lys !
La Patrie eſt ſon ame, & ſon aſtre eſt L o u i s ;
A ſon amour pour lui, peut-on le méconnoître ?
Je veux vaincre, dit-il, où mourir pour mon maître...
Braves Carabiniers, invincibles Dragons,
Quelle gloire aujourd'hui va couronner vos fronts ?
Vos ſuperbes Courſiers, éprouvés à la Guerre,
Sont fermes, comme vous, aux éclats du tonnerre ;
Le fer étincelant, dont vos bras ſont armés,
Répand moins de terreur que vos yeux enflammés;

Tout tombe fous vos coups, votre main foudroyante
Porte par tout la mort, & féme l'épouvante.
Chevreufe, & le Voyer, dans des champs inhumains,
De morts, & de mourans ont jonché les chemins.
Marine, Rouffillon, Aquitaine, & Couronne, *
Je fais fumer l'encens que l'Univers vous donne;
Si la fortune alors eut fervi la valeur,
Vous euffiez de l'Empire affuré le bonheur.
Les lauriers t'attendoient redoutable Cohorte;
Je la fuis au combat où fon ardeur l'emporte.
Des tourbillons de flamme, & mille traits lancés,
N'offrent à mes regards que Soldats renverfés.
Dans les Champs, ainfi tombe une grêle funefle,
Ici tout Berger fuit, & l'a tout Soldat refte.
Que les Cieux ébranlés s'abîment en éclats,
Sous la chute du monde, il ne pâlira pas:
Le courage eft fon cafque, & le cœur fon égide,
Eft-on plus à couvert, fous un front plus timide?
Du fuperbe vainqueur arrêtant les progrès,
C'eft l'intrépidité, qui nous cache à fes traits.

* Les quatre principaux Régimens qui ont combattu.

La Phalange animée au péril s'abandonne ;
Par trois fois elle enfonce une horrible Colonne :
O Ciel point de secours ! Le Soldat va périr ,
Il combat pour la gloire , est-il fait pour mourir ?

Le brave Saint-Germain * ranimant son courage,
Du jour de Fontenoy , nous retrace l'image ;
Dans ce terrible jour , il prend l'ame de Mars ;
Couvert de sa cuirasse , il brave les hazards ,
Se livrant tout entier à l'ardeur qui l'anime
Il déploye à mes yeux son ame magnanime ,
Tonne , frappe , renverse , il vole , il est partout.
Il est Chef , est Soldat , presque seul il fait tout ;
Mémorable journée , où chacun ne respire ,
A l'aspect du danger que l'honneur de l'Empire !
Là tout couvert de sang , & noblement poudreux,
Le Soldat indigné voit le carnage affreux ;
Je veux , dit-il. ... la mort lui coupe la parole ;
Son courage en couroux , suit l'ame qui s'envole.

* M. de Saint Germain , Lieutenant Général , commandoit le Corps
de Troupes que les Ennemis attaquerent.

Les superbes Romains, dans leurs fameux com-
    bats ;

Avoient - ils autrefois, le cœur de nos Soldats ?

A la France, il est vrai, la fortune est contraire ;

Mais d'un hommage pur le cri peut - il se taire ?

Doit-on, dans le malheur, oublier la vertu ?

La honte est de trembler, & non d'être vaincu.

Dans ce fier Combattant, * que de feu ! Quelle au-
    dace !

De son casque abbatu le laurier prend la place ;

Son sang coule à grands flots, son bras combat tou-
    jours ;

Pour prix de sa vertu, le Ciel sauve ses jours.

Quelle main, Lauraguais, ** te dérobe au carnage ?

Est-ce un homme ? Est-ce un Dieu ? Le Dieu, c'est
    ton courage,

---

* M. le Chevalier du Muis, Lieutenant Général, eut son chapeau emporté, il reçut plusieurs coups de sabre.

* * M. de Lauraguais, Mestre de Camp de Royal Roussillon, qui a souffert beaucoup, fut exposé aux plus grands dangers.

A iij

Tes regards foudroyans , ton fer répand l'effroi ;

J'admirois la valeur , & je tremblois pour toi :

Les Muſes partageant mes nouvelles allarmes ,

Craignoient ſur un tombeau de répandre des larmes;

Si le ſort infléxible eut frappé le mortel ,

Qui d'éternelles fleurs parſéme leur Autel.

Quel eſt ce jeune Chef que le Soldat admire ?

Il ſoutenoit déja la gloire de l'empire ;

Il voloit comme l'Aigle , étant encore Aiglon ;

A peine il étoit né , qu'il décoroit ſon nom.

Dans les Champs d'Haſtembek, maîtriſant la victoire,

Il nous avoit montré l'aurore de ſa gloire.

Héros & Citoyen , Beleiſle le forma ,

Pour le Peuple & le Roi ſon amour l'enflamma.

Bethune * lui tranſmit ſon cœur , un ſang de Reine ;

Et les grands ſentimens , dont ſon ame étoit pleine.

* M. de Bethune , Epouſe de M. le Maréchal de Beleiſle , étoit
petite Niéce de la Reine Soubieski de Pologne. L'Auteur ne parle
de M. de Giſors , ſon fils , Commandant des Carabiniers , que
d'après toute la France.

Sur cet Hector nouveau, sur le brave Gisors ;
La Nature & le Ciel prodiguoient leurs trésors ;
La vertu, son éclat ; la jeunesse, ses charmes ;
Ton malheur est le mien, te dit la France en larmes,
Ministre, dont le zéle assure mon repos ;
Tu perds un digne fils, & je perds un Héros....

Prodige de bravoure, à son troisiéme lustre,
Dans son ardeur naissante un fils de Mars s'illustre ;*
Pour l'empire des Lys, est-il rien de plus grand
Que de voir la valeur, dans l'ame d'un enfant ?
Brave & noble jeunesse, imitez son exemple ;
La gloire vous appelle & vous ouvre son temple :
Au déclin de mes jours, puisse ma foible voix
Se soutenir encor, pour chanter vos exploits !
Loin d'ici les plaisirs, & la molle indolence !
Il faut un zéle pur & des bras à la France,

* M. Bullioud, Cornette aux Carabiniers, a montré dans le combat, & après, toute la valeur, & toute la prudence qu'on peut attendre d'un bon Officier. Le Roi l'a décoré de la Croix de S. Louis, l'a fait Capitaine. La Gazette en a parlé très-avantageusement : il a environ dix-sept ans.

Tels , qu'au jour de Crevelt, jour triste & glorieux,
Le Français intrépide en montroit à nos yeux.
Ils répandent leur sang , il en sort une gloire ,
Qui va de siécle en siécle , illustrer leur mémoire.

La couronne à la main, le front ceint de lauriers,
La victoire voloit vers nos braves guerriers ;
La Discorde indignée en égare les guides,
Et détourne le vol de ses aîles rapides.
Sur leurs pas la victoire erre dans la Forêt,
Où pour tout foudroyer , le bronze est déja prêt ;
Du fond des Bois s'élance une flamme invisible,
Qui seule pouvoit vaincre une Troupe invincible;
De fils de Roi qu'il est, Xavier * se fait Soldat ;
Il marchoit à la gloire , il voloit au combat.
De la Saxe il avoit à venger la querelle ,
Dans Maurice * * il voyoit un insigne modéle ;

* Xavier , Prince de Lusace , fils du Roi de Pologne , se confondit
avec les Grenadiers de France , pour combattre avec eux il vient
d'être fait Lieutenant Général.

* * Maurice , Maréchal de Saxe.

Ce que Maurice eut fait, Xavier l'eut fait pour nous.
La Difcorde l'arrête, elle craignoit fes coups :
Monftre affreux inhumain, il ne vit fur la terre,
Que pour éternifer les horreurs de la Guerre.
Cette Guerre fatale étoit prête à finir ;
Contre la valeur même eut-elle pu tenir ?
Des vices dangereux, une Pallas célefte
Avoit banni du camp la cohorte funefte,
Et Bellone attachoit à de nobles travaux,
Les généreux Soldats qu'éclairoient fes flambeaux :
A les voir on eut dit que les ames Romaines,
Pour triompher encor, renaiffoient dans nos plaines :
L'intrépide Clermont * promettoit au Français,
Dans des jours ténébreux, les plus brillants fuccès :
Et que n'eut-il pas fait ? Mais dans la jaloufie,
La Difcorde reprend une nouvelle vie,

* Le Prince Comte de Clermont, faifoit obferver dans l'Armée
dont il avoit le commandement, la difcipline la plus exacte, en
vertu de la nouvelle Ordonnance du Roi, défignée par la Déeffe
Pallas.

Parmi les Rois, dit-elle, au plus foible toujours,
Pour régner plus long-tems je prête mon secours;
Si je ne puis forcer la colere céleste
A frapper les Etats d'un Roi qui me déteste,
En faveur d'Albion * j'éguiserai le fer,
J'embraserai la terre, & j'armerai l'enfer....

    La perfide à ces mots sous une forme humaine,
Va surprendre le Prince, en déguisant sa haîne;
Elle vole par tout, & semant un faux bruit,
D'un triomphe éclatant nous enléve le fruit.
Quel changement, grands Dieux ! Une prompte
      retraite
A sauvé l'Ennemi d'une entiere défaite :
Est-ce crainte ? Est-ce erreur ? Est-ce fatalité ?
On quitte la carriere, & l'on est redouté !
Dans ce trouble fatal, la seule obéissance
A suspendu les coups des Héros de la France :
Le Français dans sa marche à tout l'air d'un vain-
      queur ;
L'Ennemi dans son camp, sent palpiter son cœur,

* *Albion*, l'Angleterre,

Te pourfuit-il, Lauzon,* par tes feux animée,

Ta phalange couvroit la marche de l'armée.

Plus braves que l'Anglois, nous fommes moins

    heureux ;

La valeur eft à nous, la fortune eft pour eux.

Tu peux vaincre, Albion, mais non pas nous ab-

    battre ;

On dompte la fortune à force de combattre...

A peine elle a flechi fous le fouffle du vent

que la tige du Lys fe redreffe a l'inftant

Le Lion d'une fléche a-t'il fenti l'atteinte ?

Dans fes yeux enflammés la rage eft déja peinte ;

Son fang coule, il le voit, loin d'en être abbattu,

Il tire de fa playe un furcroit de vertu,

Plus ardent, plus terrible, il rugit, il s'élance,

La criniere hériffée, il vole à la vengeance,

Fait trembler fon vainqueur, il l'attaque, il l'abbat,

Et foudain la victoire eft le prix du combat.

* Lauzon Desjardins, Lieutenant Colonel aux Grenadiers de France, conduifoit le dernier Corps de l'Armée ; il ne fut point attaqué.

Le Français eſt Lion , c'eſt le Dieu de la Thrace
Qui lui donne en naiſſant, cette bouillante audace:
Armons-nous, combattons, mon cœur eſt offenſé,
Je m'anime à l'aſpect du ſang qu'on a verſé.
Je vois le défenſeur * du trône germanique ;
Je puiſe dans ſes feux, une flamme héroïque ;
Son nom vole par tout ; ſes rapides exploits
Fixent ſur lui les yeux des Peuples & des Rois.
Vers les Climats de l'Ourſe , un Monarque terrible
Quand il paroît, n'eſt plus un Monarque invincible.
Enlevés , ou brûlés plus de trois mille chars,
Sont pour lui plus brillans, que tous ceux des Céſars.
De ſes heureux ſuccès la gloire n'eſt point vaine ;
C'eſt ſervir la vertu, que de ſervir ſa Reine ;
Agréable aux humains & plus encore aux Dieux,
Thereſe a tout pour elle & la Terre & les Cieux.
De deux Aſtres unis la ſplendeur fait la nôtre :
La Seine adore l'un & le Danube l'autre.

* M. le Comte Daun , Généraliſſime des Troupes de la Reine
d'Hongrie , Alliée de la France,

France, Europe, Univers, unisſez-vous à moi :
Je combats pour la Paix, je combats pour un Roi,
Qui faiſant de ſa gloire un noble ſacrifice,
Pour régle, en ſes projets, eut toujours la juſtice ;
Il ne ſoutient la Guerre aux dépens du repos,
Que pour voir, par la Paix, couronner ſes travaux.
Alliés qu'on inſulte, un Monarque, une Reine,
Mon devoir, l'infortune, au combat tout m'entraîne :
L'image du paſſé nous offre des malheurs,
Et pour eux je n'aurois que de ſtériles pleurs ?
L'imbécile mortel tremble ſe décourage,
Mais le Héros fait tête aux aſſauts de l'orage :
Conſervant ſon grand cœur, juſques dans les revers ;
Du ſein de l'infortune il brave l'Univers.
Soubiſe eſt ce mortel : ſon ame peu commune
Rapelle la victoire & change la fortune ;
Sous ſes brillans drapeaux, le Français belliqueux
Vole aux nouveaux ſuccès qu'il retrouve avec eux.
Une perte fatale eſt un germe de gloire,
Quand pour la réparer on cherche la victoire.

Sous le fer d'Annibal, le Romain abbattu
Se reléve, combat ; Annibal est vaincu.

F I N.

J'Ai lû par ordre de Monseigneur le Chancelier, un Poëme
sous le nom de *La Journée de Crevelt*, il m'a paru qu'on
pouvoit en permettre l'impression. Fait à Paris ce 25 Août 1758.

CAPPERONNIER.

De l'Imprimerie de la Veuve DELORMEL, rue du Foin,
à l'Image Sainte Geneviéve, 1758.

www.ingramcontent.com/pod-product-compliance
Lightning Source LLC
LaVergne TN
LVHW051022060726
842524LV00007B/2717